Título original: *Ein kleines Krokodil mit ziemlich viel Gefühl*, 2000

Colección **libros para soñar**®

© 2000 by Thienemann in Thienemann-Esslinger Verlag GmbH, Stuttgart
© del texto y de las ilustraciones: Daniela Kulot, 2000
© de la traducción: Marc Taeger y Pilar Martínez, 2007
© de esta edición: Kalandraka Editora, 2017

Rúa de Pastor Díaz, n.º 1 – 4.º A - 36001 Pontevedra
Tel.: 986 860 276
editora@kalandraka.com
www.kalandraka.com

Impreso en Imprenta Mundo, Cambre
Primera edición: mayo, 2007
Tercera edición: febrero, 2017
ISBN: 978-84-8464-290-9
DL: PO 670-2016
Reservados todos los derechos

MIXTO
Papel procedente de
fuentes responsables
FSC
www.fsc.org   FSC® C125125

DANIELA KULOT

Cocodrilo se enamora

Kalandraka

Hace días que Cocodrilo está inquieto.

A veces tiene frío,

a veces tiene calor,

a veces está muy triste,

y otras veces está tan contento
que le gustaría abrazar a todo el mundo.

Y es que Cocodrilo está enamorado.

Pero tiene un problema: está enamorado de Jirafa.

Y Jirafa es muy muy alta.

A Cocodrilo no le importa que sea tan alta.

Lo que sucede es que Jirafa no puede ver su encantadora sonrisa.

«¡Ojalá fuese más alto!», pensó Cocodrilo.

«Si voy con zancos...

seguro que me ve.»

Pero, ese día, Jirafa iba en bicicleta
y no pudo ver la encantadora sonrisa de Cocodrilo.

«Voy a hacer acrobacias sobre el puente», se dijo Cocodrilo.

«Seguro que así se fija en mí.»

Pero, en ese momento, Jirafa estaba hablando
con su amiga de algo muy interesante
y no vio las acrobacias de Cocodrilo.

«Ya sé, voy a subirme a su árbol favorito
y le voy a dar unas hojas para comer», pensó Cocodrilo.
Se fue al mercado y compró las hojas más tiernas que encontró.

Pero, ese día, a Jirafa le dolía la garganta.
Venía de comprarse un jarabe y no tenía apetito.
Por eso no se fijó ni en el árbol ni en Cocodrilo.

Cocodrilo no se rindió:

«le voy a cantar una canción de amor para que se fije en mí».

Pero, en ese momento, Jirafa iba escuchando su música
y no oyó la canción de amor de Cocodrilo.

«Ya lo tengo», pensó Cocodrilo.
«Voy a bajarle el cuello con una cuerda para que me vea.»

Y así lo hizo.

Pero Jirafa se asustó mucho.

Se asustó tanto que levantó la cabeza de golpe...

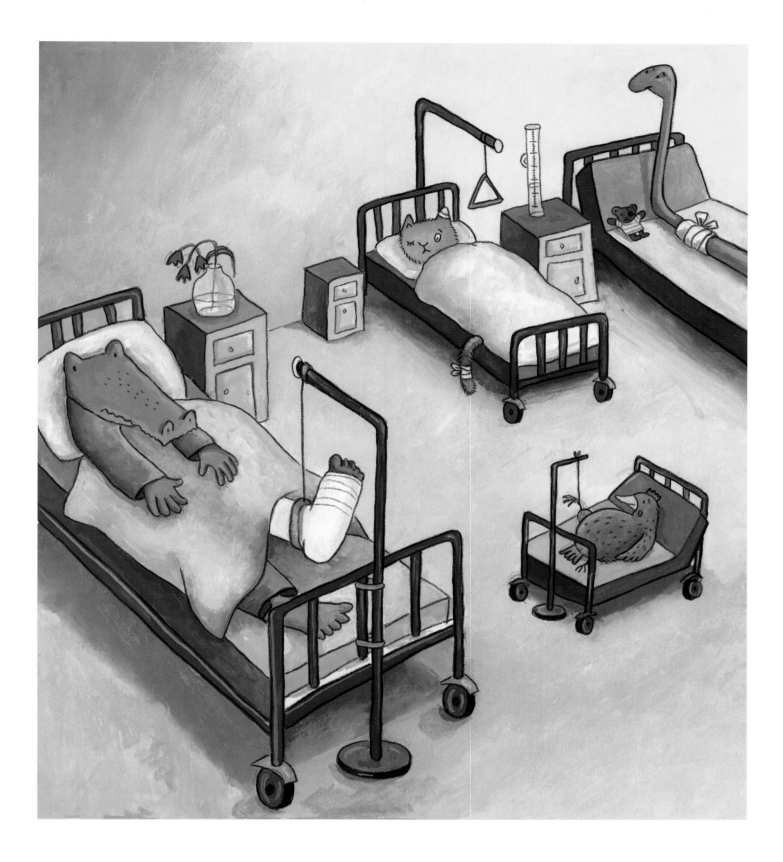

y Cocodrilo acabó en el hospital.

Cuando salió del hospital, estaba desesperado.

Jirafa nunca llegaría a ver su encantadora sonrisa.

Y Cocodrilo se fue a casa muy triste.

Pero, de repente: ¡CATAPLUM!
Cocodrilo se cayó al suelo.

Cuando se dio cuenta, Jirafa estaba delante de él.

—Per… per… perdón —dijo Jirafa—, no te había visto.

Allí se quedaron los dos, viendo las estrellas.

Pero estaban tan contentos que se empezaron a reír.

–¡Qué suerte que no me hayas visto! –dijo Cocodrilo.

–Tienes razón –dijo Jirafa–,
si no, nunca me hubiese fijado en tu encantadora sonrisa.